D1693877

ODEM

Dieses Buch ist partiell inspiriert von *The Wiggle Much* – dreizehn halbseitige Seiten erschienen in der *New York Herald Tribune* zwischen März und Juni 1910 – der einzigartigen, legendären Comic-Arbeit von Herbert E. Crowley. Seine Figur erscheint im letzten Panel auf S. 90.

Im Gedenken an Josep Maria Berenguer
M.

ODEM
Text und Zeichnungen: Max

ISBN: 978-3-945034-49-1

Übersetzung aus dem Spanischen: André Höchemer
Redaktion: Johann Ulrich & Benjamin Mildner
Korrekturen: Mona Schütze
Lettering & Produktion: Tinet Elmgren
Herausgeber: Johann Ulrich

avant-verlag | Weichselplatz 3-4 | 12045 Berlin
info@avant-verlag.de
Mehr Informationen und kostenlose Leseproben finden Sie online:
www.avant-verlag.de
facebook.com/avant-verlag

maxvapor.blogspot.com

MAX

ODEM

avant-verlag

"I feel the pain of everyone
and then I feel nothing."
Feel the Pain, Dinosaur Jr.

Manchmal habe ich das Gefühl, eine Handbreit
über dem Boden zu schweben ...

Das ist eine Empfindung, die durch einen leeren Magen hervorgerufen wird.

Ich bin nicht hungrig.
Nicht? Das ist erstaunlich.

Ist auch besser so, denn du hättest ohnehin nichts, um deinen Hunger zu stillen.

Sag mal, wo kommst du überhaupt her?

Ich habe dich beobachtet. Du liegst schon seit Tagen hier rum.

Was soll diese Entsagung?

Du bist doch nicht etwa einer dieser Frömmler, oder?

Nein.

Was suchst du dann hier draußen?

Sinn. Den endgültigen, unanfechtbaren Sinn, falls es den gibt.

Sprichst du von Gott?

Nein, Gott ist nur eine verseuchte und ansteckende Idee. Ich suche keine Ideen. Ich suche Erfahrungen.

Das Absolute! Das Absolute und dennoch Transparente.

Was nichts wiegt und doch gewichtig und selbstverständlich ist.

Du hast einen Sonnenstich!

Es könnte eine Form von Energie oder ein Bewusstseinszustand sein ...

Eine unanfechtbare mathematische Formel oder ein unlösbares Paradox ...

Ein Vakuum, eine Stille, die Unendlichkeit oder die Flüchtigkeit ... Es könnte die Suche selbst sein!!

Shit! Du bist ein verdammter Mystiker!
Ich habe es satt, und zwar alles! Die Welt und die Menschen, die Dinge und die Ideen, die Wörter und die Bilder!
Das ist alles nur ein gigantischer Wirrwarr, ein gewaltiges Missverständnis!!

Einsamkeit, Stille, Entsagung, Ruhe! Das ist mein Heilmittel!

Ich folge dem Pfad von Antonius, Paulus und Simon, den Wüstenvätern. Sie entdeckten ihre Bestimmung in einer Einöde wie dieser hier.

Hör mal, Freundchen, du scheinst mir ziemlich transzendent ... Dieses Gehabe wird dir hier draußen nicht viel nützen ...

Das ist die Wüste, capito? Sie ist die perfekte Ho-ri-zon-ta-li-tät, kapiert?

Wenn du hier rumlaufen willst und dich überlegen fühlst, kriegst du von allen Seiten eins auf den Deckel.

Oh – OK ...

Ach, und noch was: Wenn wir Freunde werden wollen, dann solltest du dir deine hochtrabenden, eitlen Versalien verkneifen! Du tust so bescheiden und spuckst ständig Großbuchstaben aus!

Bitte versteh mich nicht falsch. Ich sage dir das als dein loyaler Freund.
Ach ja, man hat uns nicht vorgestellt ...

Ich bin moses , aber alle nennen mich mosh.
Äh ... freut mich, Mosh. Ich bin Nikodemus.

Keine Großbuchstaben!

ni-nikodemus.
So ist's recht, nick.

Sieh mal, ich bin nur ein grober, ordinärer Kater, ein ungebildeter Gauner. Doch ich mag dich und werde dein Freund sein.

Ich kann dir alles besorgen: Zigaretten, Pillen, Alkohol ...

... Mädchen!

Nichts davon interessiert mich, mosh. Ich hab dir doch gesagt, dass ich von allem weg will.
Klar. Wie du willst, nick. Kein Problem.

Ich bin so müde.
Sag ich doch. Weißt du, nick, vielleicht hast du ja recht. Wer weiß?

Das Leben ist so mysteriös. Man sieht sich.

Ich hab Hunger!

Erste Woche.

Ich akklimatisiere mich.

Das alles ist sehr stimulierend.

Allerdings habe ich noch nichts gegessen.

Ich habe entschieden, mir meine Zeit einzuteilen: Leibesübungen (den Körper sollte man nicht vernachlässigen).

Ein ordentlicher Spaziergang jeden Morgen. Erkundung der Umgebung. Suche nach Lebensmitteln.

Irgendwo muss es doch mehr geben als

Steine. Vielleicht finde ich Wurzeln oder so ...

Hmm ...

Wasser! Vielleicht finde ich Wasser!

Es ist nicht leicht, sich hier zurechtzufinden ...

Ich glaube, ich laufe im Kreis!

Oh Gott! Keine zwei Stunden seit Sonnen-
aufgang und ich kann mich schon nicht mehr
auf den Beinen halten!

Wa- ... was ist das?
Käse.

kau
schluck
kau

Aaaua!!

Der ist ja hart wie Stein!
Der ist in Salz gereift.

Aaah! Gepriesen seist du! Ich hatte schon seit über einer Woche nichts gegessen.

Woher hast du den?
Gestohlen.

Von Monipodio. Er hat reichlich Proviant und stiehlt ihn von den Karawanen.

Monipodio?
Er ist der Anführer einer Räuberbande. Die haben ihr Versteck in der Nähe.

Und warum stiehlst du Essen für mich?

Stehlen liegt in meiner Natur. Es macht mir Spaß. Außerdem hast du mir leid getan.

Ich werde dir jeden Tag etwas mitbringen.

Du hast mir das Leben gerettet. Wie heißt du?

Juanita. Und du?

AAAAAHH!! Durst!! Ich sterbe vor Durst!! Ich trockne aaaus!!

Ich kann dir
nichts Flüssiges bringen!

Aber komm mit.
Folge mir ...

Ich zeige dir, wo es
Wasser gibt!

Ja, ja ... Wasser ... bitte ...!!

Wasser, Wasser!!

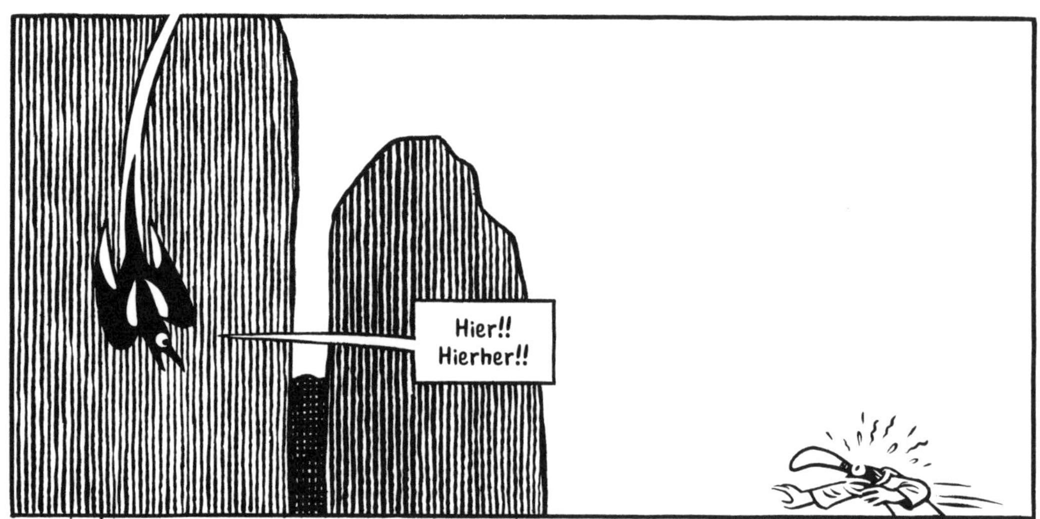
Hier!!
Hierher!!

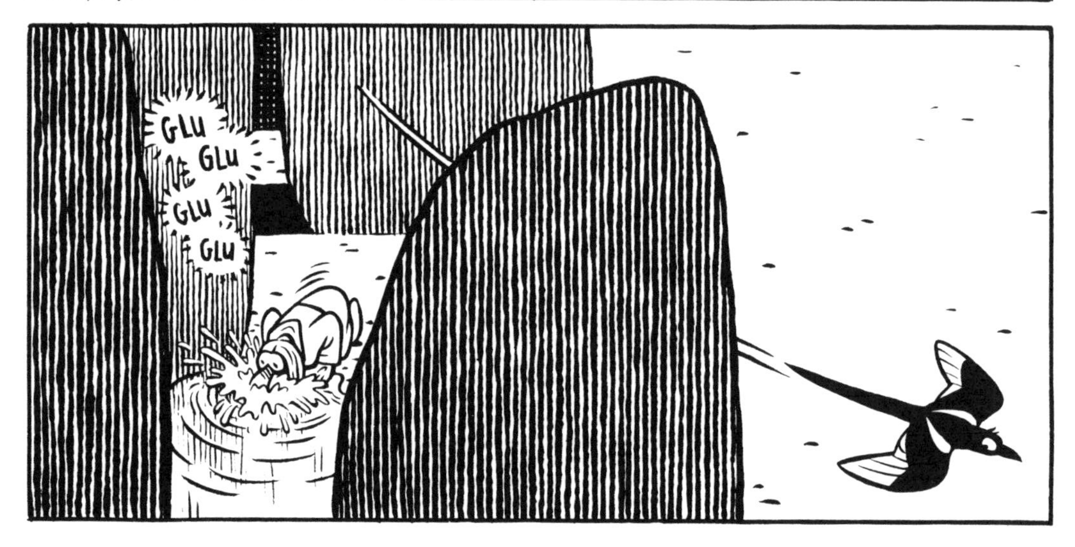
GLU
GLU
GLU
GLU

Ufff... !
Oooh !
Aah !

Hm ... Ich könnte ein kleines Bad nehmen ...

Diese Dreck-kruste loswerden.

Ah, das tut gut!

Ich fühle mich wie neu!

?

Tja, du weißt ja, Süße, bei meinen Beziehungen ...

Oh nein! Mist!
Hier gibt es Frauen!

Wenigstens haben sie
mich nicht gesehen ...

Frauen, Probleme ...

Hm ... Zumindest bin
ich noch in Form!

Denk an was anderes, nick ...
irgendetwas anderes!!

Zweite Woche.

Nichts lenkt mich hier ab, das ist mal sicher ...

Dennoch weiß ich nicht, worüber ich nachdenken soll.

Juanita deckt meine Grundbedürfnisse ab.

Ich mache meine Leibesübungen ...

... meine Spaziergänge, mein Yoga, mein Tai-Chi.

Und sonst passiert nichts.

Ich langweile mich zu Tode.

Ich versuche zu meditieren, aber ich verliere mich in sinnlosen Abschweifungen ...

... die ausnahmslos in wilde sexuelle Fantasien münden.

Und alles nur, weil ich neulich eine Frau aus der Ferne gesehen habe!

Es gibt noch so viel zu tun!
Ich muss durchhalten.

Ich muss mich mit meinem Innenleben beschäftigen. All die Ablenkungen entspringen dort.

Dinge loswerden, alles fallen lassen ...

... mich entleeren!!

Sich zu entleeren ist gesund!

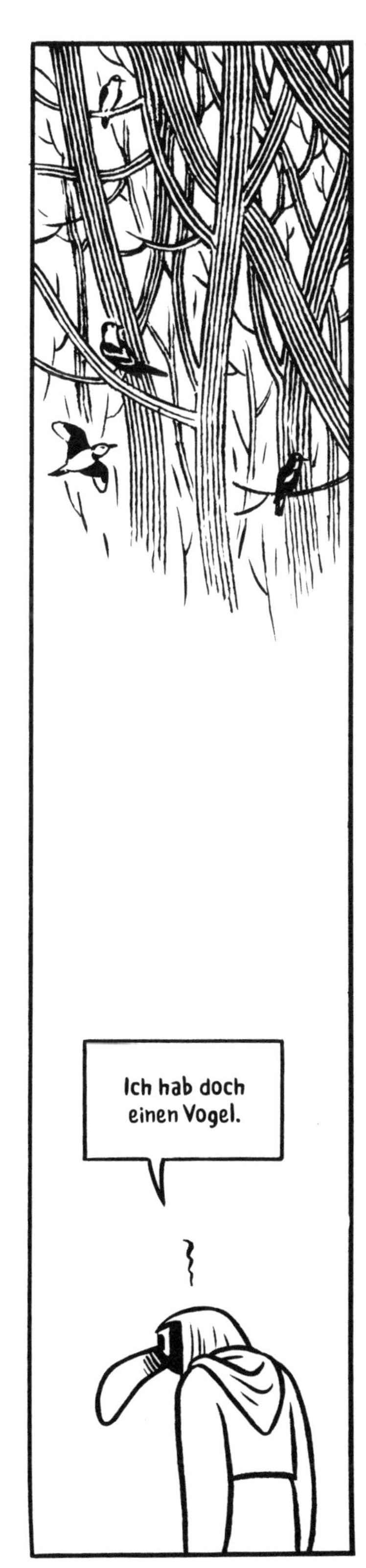
Ich hab doch
einen Vogel.

Was sage ich denn da
– einen Vogel? Einen
ganzen Wald! Was für
ein Durcheinander!

Man kann die Zivilisation
nicht hinter sich lassen,
wenn man den ganzen alten
Kram mit sich rumträgt!

Weg damit, das muss alles beseitigt werden! Hier kann ja niemand rumlaufen.
Uarg, was für ein Saustall! Hier stinkt's!
Hallo, Chef, wie geht's? Ich hab auf Sie gewartet ...
Na, wann fangen wir an?
Wann fangen wir womit an?
Na womit wohl, Mensch? Mit dem Roden!
Es ist alles bereit, Chef. Ein Wort von Ihnen, und ich mache alles zu Kleinholz.

Ich sorge dafür, dass es hier so leer wird wie ein Schulhof im August!

Aber Sie kennen die Abmachung, Chef. Das Holz gehört mir.
Und die Frauen auch!

Die Frauen?
Ach, Chef. Sie wissen doch genau, dass hier viele Mädels rumlaufen. Nun seien Sie mal nicht so prüde!

Hm ... also gut. Die Frauen sind für dich! Alles andere landet im Lagerfeuer.
Also gut, abgemacht! An die Arbeit!
Julian!

Gehen Sie ruhig weiter. Ich kümmere mich um alles.
Ich werd hier alles blitzeblank aufräumen, so wahr ich Herkules heiße!
Halt still, Julian!

Allez hopp!!
Auf geht's, Julian!

Hü, mein Hübscher!

Hey, nick! Was geht, Mann?

Wie läuft's so?

Schlecht.

Ich hab dich übrigens mit einem Mädchen gesehen.
Ein Mädchen? Nein.

Unmöglich, Mann. Hier gibt es keine Frauen.

Ich hab euch gesehen.

Pfff ... war vielleicht ein Sonnenstich ... oder eine Fata Morgana.

Da musst du auf dich aufpassen, nick. Du verbringst zu viele Stunden in der Sonne.

Oh, du hast Odem noch nicht getroffen? Oha.

?!
Hör mal, Odem ist der Oberboss hier, verstehst du? Wie Gott, oder so.

Was heißt „wie Gott"?
Odem gibt es seit Jahrhunderten, nur die Steine sind älter als er. Leg dich nicht mit Odem an!

Pah, egal. Wirst du verstehen, wenn du ihn triffst.

Also, ich hau wieder ab, nick. Du hast sicher was zu erledigen. Ich wollte nur mal schauen, ob alles in Ordnung ist.

Mach's gut, Alter! Man sieht sich!

chop
chop

chop
chop
chop

chop
chop
chop

chop
chop
chop

Dritte Woche.
♫♩ This is where I long to be la isla boni-ita... ♩♫♩♩

POW
ZIP

Verdammt!

Noch ein Stein! Der dritte in zwei Tagen!

Brr ... und niemand zu sehen.
Nie ist jemand zu sehen.

Hm ... das ist ein Ziegelstein. Wo kommt der her?

Wenn ich so drüber nachdenke, kommt es mir vor, als ob ein System hinter diesen Steinwürfen steckt.

Immer, wenn mich banale Erinnerungen an die Welt heimgesucht haben, hat mich ein Stein getroffen ...

... wie bei dem beschissen Popsong, der mir heute nicht aus dem Kopf geht.

Diese Steinwürfe sind wie eine Ohrfeige, die mich ins Hier und Jetzt zurückholt!

Ist hier draußen vielleicht jemand, der mich beobachtet?

Tja, das wäre schön, ja ...

Ach, ist das Leben nicht wunderbar?!

La iisla boni-ita...

POW
ZIP

chop
chop
chop

Ja, langsam fühle ich mich klarer im Kopf ... irgendwie leichter.

Ein Gefühl der Leichtigkeit ... Ich glaube, meine Verwirrung schwindet.

Ja, ich bin auf dem richtigen Weg. Ich fühle so etwas wie inneren Frieden.

BUUh!
Aaaah !

Ist dir langweilig, Nick? Mir schon.
W-Wer bist du?

Ich bin dein Schatten.
Wir müssen reden.

Reden? Worüber denn?
Über uns, Nick. Über dich und mich.

Hör mal, ich hab die Sache langsam satt. Es macht keinen Spaß, dich zu begleiten.

Du hast dich verändert, Nick! Seit wir hierhergekommen sind, bist du nicht mehr derselbe.

Du und ich, wir waren ein gutes Team, erinnerst du dich? Wir hatten eine tolle Zeit.

Äh, jetzt halt aber mal die Luft an, ja?! Das fehlt mir gerade noch, dass ausgerechnet du mich blöd anmachst.

Sei zufrieden mit dem, was du hast. Du hängst an mir, wir sind unzertrennlich!

Ja, im Sonnenlicht, aber im Dämmerlicht löse ich mich auf.

Und was wäre, wenn du morgen aufwachst und mich nicht mehr findest?

Du könntest mich nämlich verlieren, weißt du?

Okay, und was passiert, wenn ich dich verliere?

Oh! Was glaubst du wohl, wer deine miese Laune schluckt, hä? Deine unanständigen, unaussprechbaren Wünsche? Deine schmutzigsten Laster und deine niedersten Instinkte?

Was denkt denn der feine Herr, wer sich um seine innere Finsternis und den ganzen Mist kümmert?!
Ich! Ich ertrage das alles! Ohne mich würde dich der ganze Dreck überhäufen und erdrücken!
Pff, nimm dich mal nicht so wichtig! Du bist nur eine Projektion!
Ach, so ist das, hä?! Du hast ja keine Ahnung, Mann ... Du hast überhaupt keine Ahnung, was ich bin!
Du dagegen bist wie ein offenes Buch für mich! Ich weiß mehr über dich, als du selbst.
Ich weiß Dinge, die deinen Ruf ruinieren würden!
Hässliche und schmutzige Sachen.
Und du meinst, das gibt dir das Recht zu irgendwas?

Komm schon, glaubst du, ich bin gerne deine Müllhalde oder plansche gerne in deiner Kloake? Da drin stinkt's, Alter!
Erzähl mit nichts von Depressionen! Ich muss mich schon mit Pillen vollstopfen, um dich zu ertragen.
Das ist deprimierend.
Das ist dein Problem, nicht meins. Sieh es einfach ein: Du bist nur eine Verlängerung von mir.
Hör mal, Nick, wir müssen aufhören, uns zu schikanieren. Wir können uns doch vertragen, oder?
Sei vernünftig. Lass uns nach Hause gehen.
Hier draußen gibt es nichts für dich und mich. Lass uns wieder ein Team werden.
Es reicht. Ich hab das Sagen und ich geh, wohin ich will. Du hast mir gar nichts zu sagen.

Aber ... aber ich bin ein Teil von dir. Du musst mich akzeptieren.
Ohne mich bist du nichts weiter als ein trauriges Stück Fleisch, das in der Sonne verfault ...
Ich habe mit dir nichts zu verhandeln. Sieh dich an: Du bist nur ein dicker, widerlicher Brei. Lass mich in Frieden!
Ah, okay, ich bin dem feinen Herrn egal. Der feine Herr will nicht nachgeben und denkt wohl, die Welt ende an seiner Nasenspitze!
Meine Nase? Was stimmt nicht mit meiner Nase, hä?
Brrr! Du bist zerstreut, Nick, du peilst überhaupt nichts! Ich haue ab!
Mach doch. Zieh Leine und lass mich endlich in Ruhe!
Jetzt reicht es mir!
Auf Nimmer-wiedersehen!
Das ist Selbst-verstümmelung. Schneid dir doch gleich die Eier ab, du Arschloch!

Äh?
Schatten?

Ach komm, Schatten ...
Ich weiß, dass du da bist ...

Komm schon, stell dich
doch nicht so an ...
Komm zurück, wir
kriegen das wieder hin.

Schatten?
Schatten?
Schatten?

Vierte Woche.

Ich habe meinen Schatten verloren.

Er ist weg!

Ich fühle mich komisch ... wie verstümmelt.

Als ob meine Füße den Boden nicht berühren würden. Als ob ich nichts wiegen würde.

Ich fühle mich wie ein Phantom, wie ein Geist.

Hoppla! Ohh ... ich muss ...

Uuuff !

Hmm. Mein Stuhl ist sehr fest.

Aber es kann sich auch um eine Simulation handeln. Mein Schatten war Zeugnis meiner Körperlichkeit.

Was, wenn ich bloß ein Umriss bin?

Denn ohne Schatten bin ich nicht mehr Nikodemus.

Nur die Idee von Nikodemus.
Ein gezeichneter Nick.

Jetzt gibt es auf der Welt nur noch einen Doppelgänger von mir.

Ich fürchte mich davor, mich im Spiegel zu betrachten und festzustellen, dass mein Spiegelbild mich ebenfalls verlassen hat.

Ach, was soll's, ich hab ja sowieso keinen Spiegel.

WOOOOOUUUUHRRG!!

WUUUUOOOOHHRRG!!

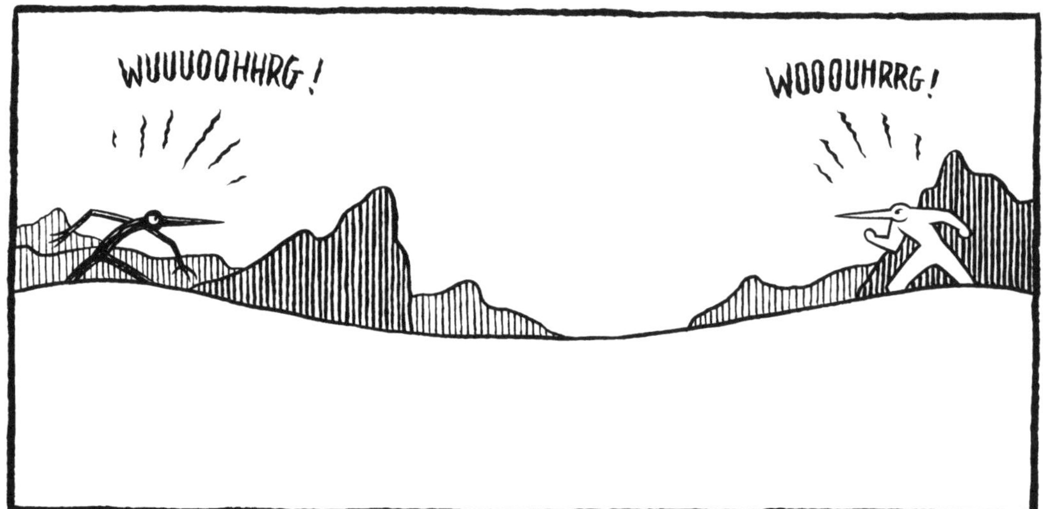
WUUUOOHHRG!
WOOOUHRRG!

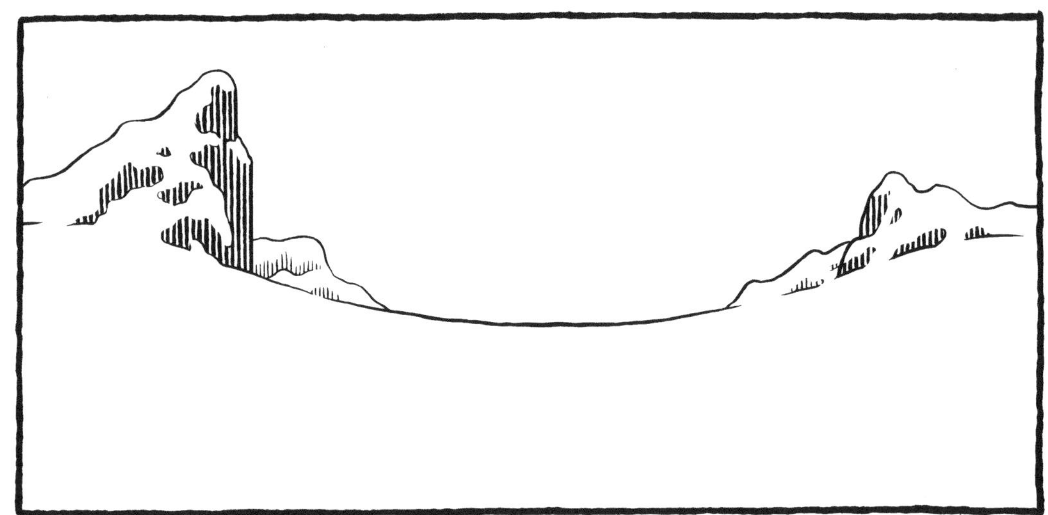

Uff ...
aah, mmpf!

Ooh...
Was für ein seltsamer Traum!

Gar nicht seltsam, mein Freund: Eher klar wie Wasser.

Hör mir gut zu:
Der Eisriese bist du ...
?!

Eine Masse, die auf dem Dach der Welt herumspaziert, rein und beständig, fest und glänzend ...
Ein Block aus einem Guss.

Und der Kohleriese warst du auch. Der fossile Überrest dessen, was du einst warst. Und doch schlummern noch Feuer und Hitze im Innern.

Der Kampf ist blutig und unvermeidlich, aber auch vergeblich, denn er endet immer mit einem Unentschieden. Du bist an das Perpetuum Mobile gefesselt.

Allerdings gibt es da noch den Schnee. Er ist die Lehre des Traums. Du bist auch der Schnee. Lass dich fallen, sachte und leicht. Und dann schmilz und fließe und verdunste.

Sei Wasser,
mein Freund.

Aber, aber ... wer bist du? Woher weißt du das alles?!
?!!
Wo bist du?!!

Bah!

Thump!

Wasser, sagt er?
Wasser?
So ein
Quatsch!
Das ist die Wüste! Hier gibt es kein Wasser!
Nicht einen Tropfen!!

Nicht einen Scheißtropfen!

Fünfte Woche. Heute herrscht dichter Nebel.

Ich bin melancholisch und denke an all die schönen Dinge, die ich hinter mir gelassen habe.

Den Geruch von Kaffee und den Rauch meiner Morgenzigarette ...

Den Gesang der Amsel auf dem Dach ...

Ein kaltes Bier, einen heißen Snack ...

Die Platten von Dylan ...

Den Biss in einen reifen Pfirsich ...

Lola ... im Licht der untergehenden Sonne ...

Eva, die mir Erdnüsse anbietet ...

Das Klingeln von Raquels Armreifen ...

Die grünen Augen von Juana und ihr lila Sarong ...

Die heisere, verführerische Stimme der anderen Juana ...

Barbaras schwarzes Haar, lang und triefnass ...

Ihre Brustwarzen zwischen den Wellen ...
Das ... das Kitzeln am Fuß von ...

POW
ZIP

Ach, Scheiße ...

Mission erfüllt, Chef!

zzzzzz

Aaaahh !

Hm ... snif, snif ...

Oh, dieser Geruch in der Luft ... ist wie ...

... der meiner Kindheit ...

Ah, ja, damals war ich glücklich. Ich lief mit meinen Freunden übers freie Feld ... wir sangen...

Regen, Regen, tropf,
tropf, tropf,
fall auf meinen Kopf,
Kopf, Kopf ...

fall auf meine Hand, Hand, Hand,
fall aufs ganze Land,
Land, Land.

Regen, Regen!

Regen, Regen, tropf, tropf ...

... tropf ...

Heilige Scheiße!

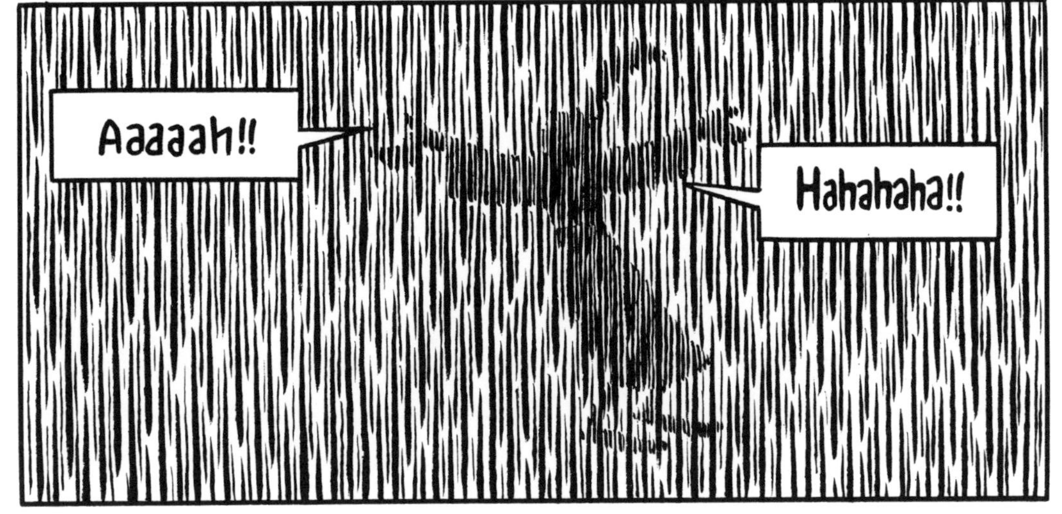
Aaaaah!!
Hahahaha!!

Juhuu!!
Hahahaha!!

Aaaah...!
Wie geil!!

Dann ... ist das also das Glück!

Im flüchtigen, strahlenden, nicht greifbaren Moment zu planschen ...

Der Moment, der Moment! Ha, ha, ha!

Ah!

Scheiße, Scheiße, Scheiße!

Der Moment, hä?!
Der Moment, ha!
Und was ist mit dem Rest, hä?
Was ist mit den
neunundneunzig Komma neun
Prozent der Zeit?!!

Verdammte Scheiße!!

Ich hab die
Schnauze voll!!

Ich scheiße auf alles!!

Leck mich doch am Arsch!!

Verflucht noch mal!!

~~Verflucht~~ und zugenäht!!
~~Verfickte~~ Hurenscheiße!

Lutscht meinen Schwanz, ihr ~~Wichser~~!!

Leckt mich doch am Arsch, ihr ~~Ficker~~!!

~~Fickt~~ euch doch ins Knie, ihr Huren-söhne!!

Euch soll ... euch soll ... euch soll ...

Uufff...

Pah, mir doch scheißegal!

Wow, Mann, bin ich froh. Ich fühle mich so gut ... so auf der Höhe!

Tummm... Tummm... T-tummm

Tummm...Tummm...T-tumm Funk!

Tummm...Tummm...T-tumm Funk!
Tcheek-e-tee Tcheek-e-tee Tchk: Tchk:

¡¡Tummm...Tummm...T-tumm Funk!!
Tcheek-e-tee Tcheek-e-tee Tchk: Tchk::

¡¡Tummm...Tummm...T-tumm Funk!!
¡¡¡Funk-ee Funk-ee Blow:ow!ow:ow!!!

¡¡Tummm...Tummm...T-tumm Funk!!
¡¡THUMP-scree-THUMP-z:kt-z:kt-z:kt!!

¡Tummm...Tummm...T-tumm Funk!
dkt dkt dkt-wah wah-z:kt:z:kt

Tummm..Tummm..T-Tummm
wah wah:dkt:dkt:Blow:ow:ow:#

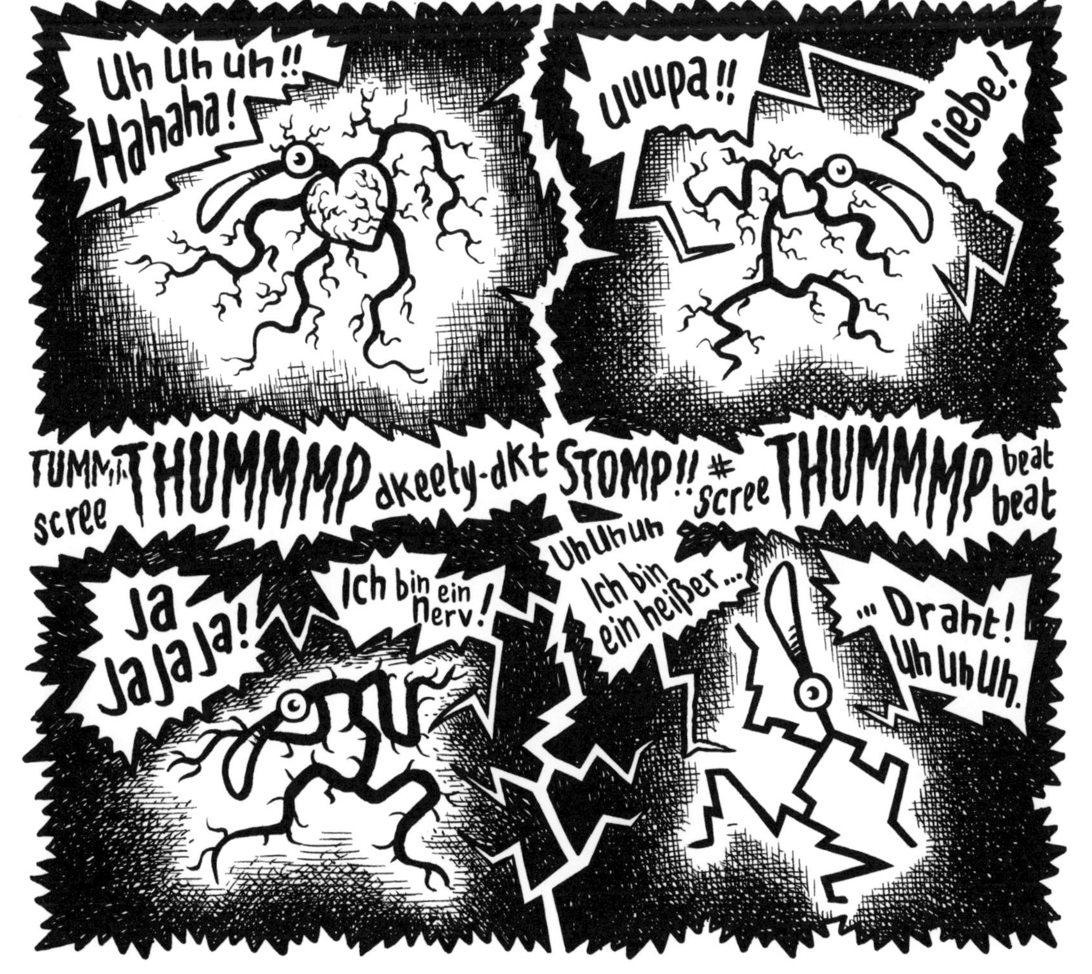

NRG
Z-Kt : Z-Kt : Z-Kt : Z-Kt : Z-Kt :
BLOW:OW:OW:OW:
skree :: dKt # dKt : skree :: dKt
XTC
skree :: dKt # dKt : skree :: dKt #
WAH:WAH:WAH:WAH
Uh uh uh!!
Ooooh..., ooh.
Oooooh!!
Uh uh uh!!
TUMMMTUMMM

Uuuh... Was für ein Absturz!

Okay, okay,
okay ...

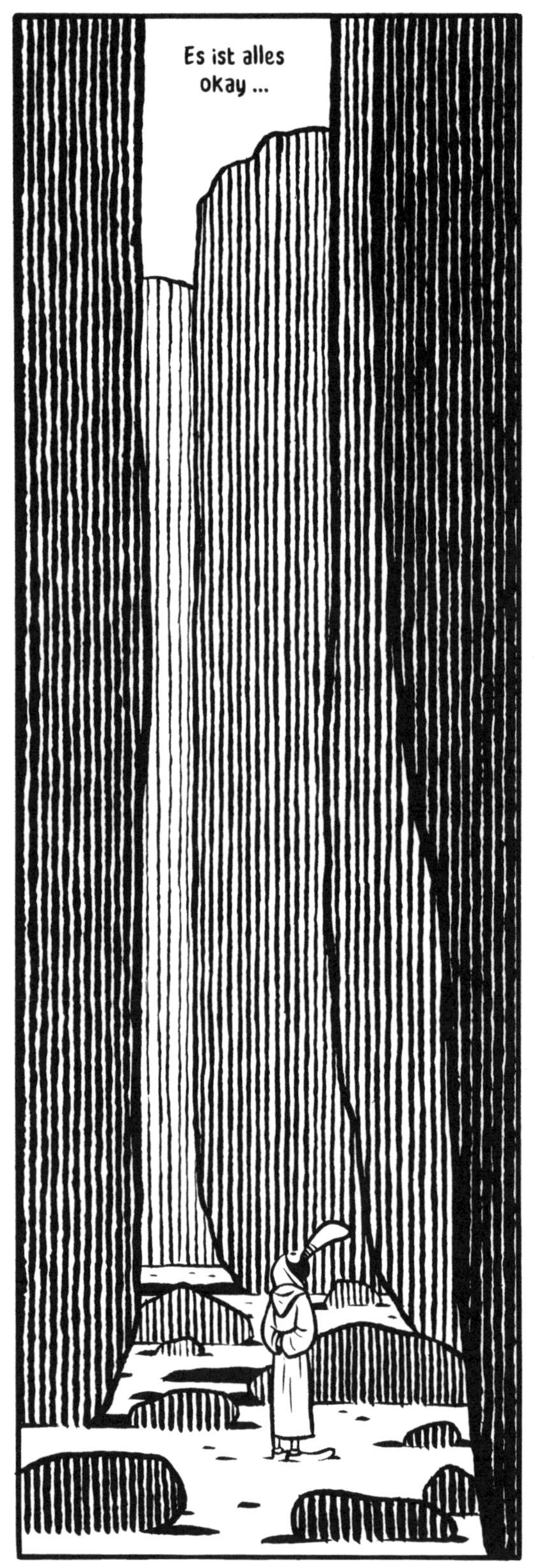
Es ist alles okay ...

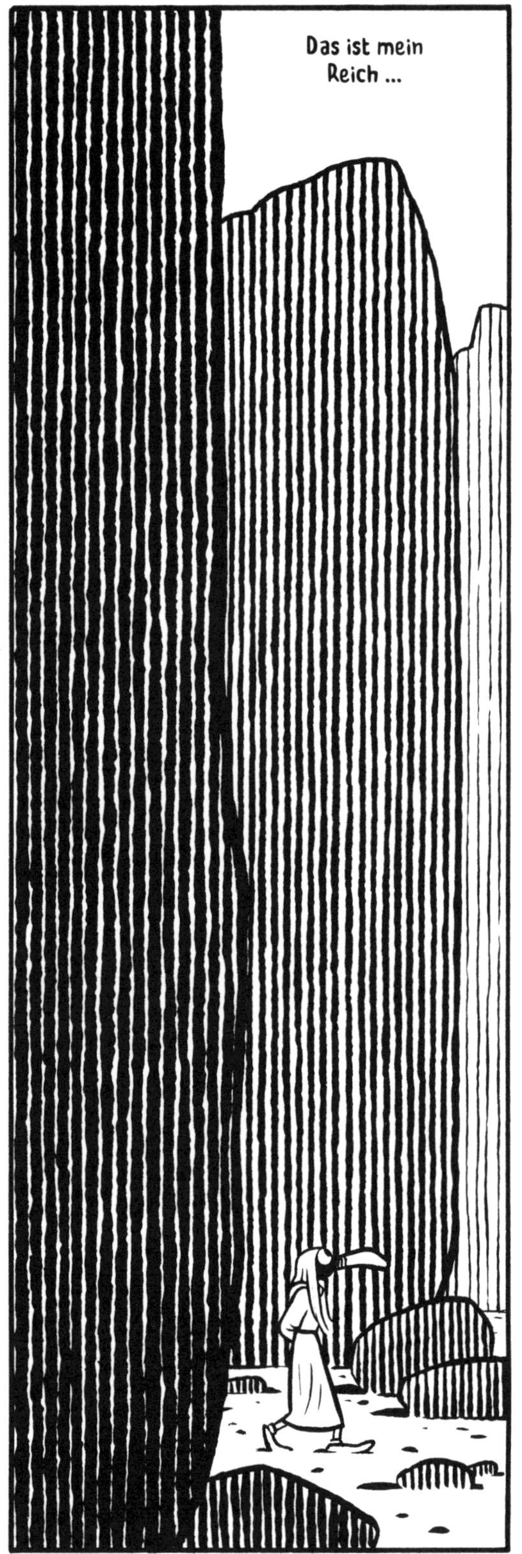
Das ist mein Reich ...

Diese Felsen und dieser Himmel sind jetzt meine Haut.

Ihr Atem ist mein Atem.

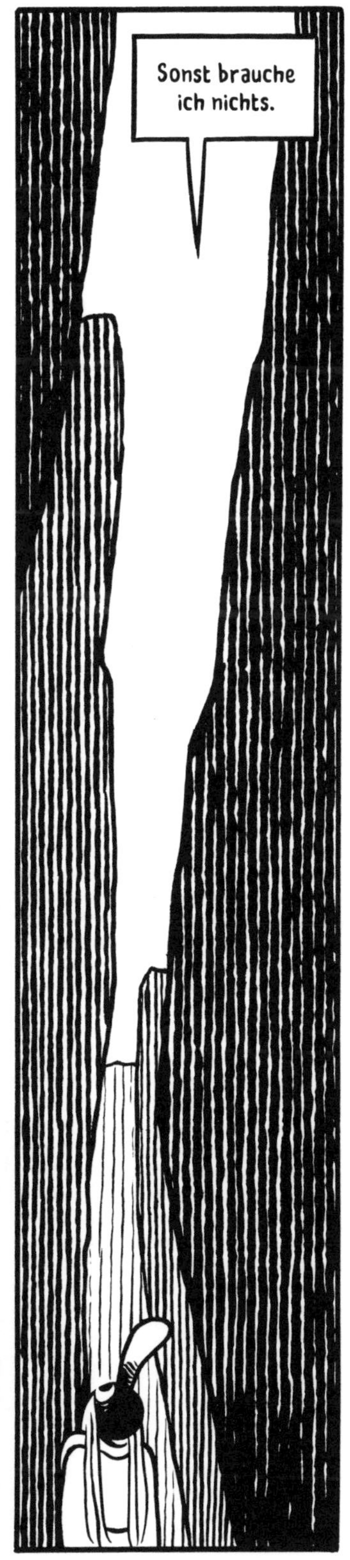
Sonst brauche ich nichts.

Hey, nick!
Was gibt's, mosh?
Ich dreh 'ne Runde, und du?
Tja, ich genieße die Sonne.
Siehst du die Wolke da? Sieht aus wie ein Elefant.

Nein, nein ... sieh genau hin ... eher wie ... wie ein Ameisenbär, ha, ha, ha!
Ha. Ha. Haha. Hahaha. Stimmt, ein Ameisenbär.
Haha ha!
Echt cool, Mann. Hahaha!
Hahaha!

Die Tage und Nächte folgen aufeinander wie treibende Wolken.

Wie lange bin ich schon hier? Hundert Nächte? Tausend? Ist ja egal.

Die Trugbilder sind verschwunden, und mit ihnen die Zeit ...

Es bleibt der Glanz, der sich über alles ergießt.
Ah, der Glanz, der Glanz ...!

Hallo, Nick.

Ah, hallo, Juanita!

Du siehst hübsch aus heute!

Was für ein schöner Tag, nicht?!

Herrlich.

nick, nick, Kumpel!

nick, he, nick!
Wach auf!

Komm runter!! Das musst du sehen! Die Parade kommt!!
Was ... was ist los?

Was sagst du? Welche Parade?
Die Parade der Königin von Saba!! Die findet nur alle zehn Jahre statt!!

Brrr! Was muss man hier tun, um seine Ruhe zu haben?!
Eine Parade ...
Pah! So ein Quatsch!
He, Moment mal, Nick!
Wo willst du eigentlich hin?

Das ist doch nur wieder eine Ablenkung. Was geht dich die Parade an?!
P-TUM
P-TUM
P-TUM
P-TUM
P-TUM
P-TUM
P-TUM
P-TUM
P-TUM

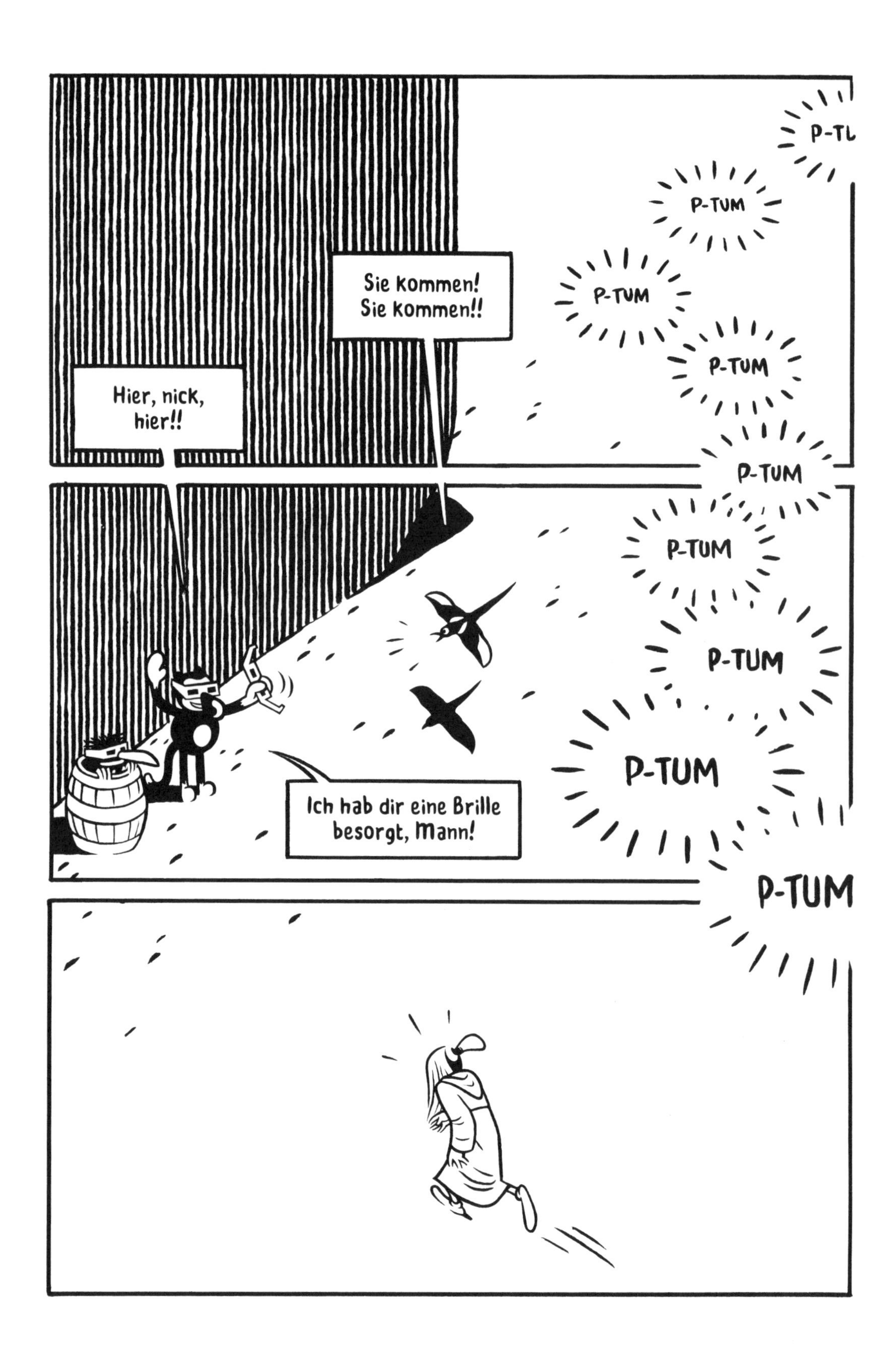
P-TU
P-TUM
P-TUM
Sie kommen!
Sie kommen!!
P-TUM
Hier, nick,
hier!!
P-TUM
P-TUM
P-TUM
P-TUM
Ich hab dir eine Brille
besorgt, Mann!
P-TUM

Wow, schau, Mann, schau!! Wow, ich glaub's nicht. Die Parade!!

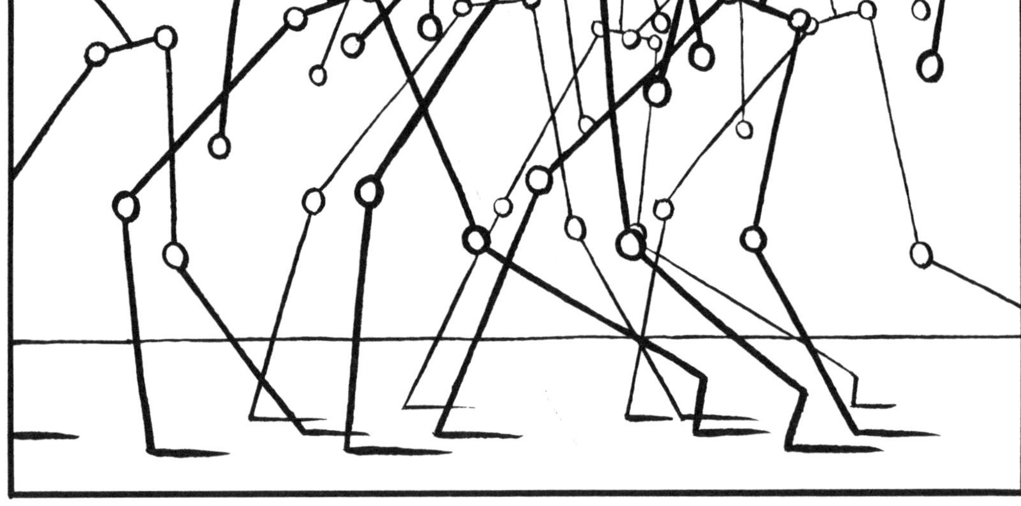

Wow!! Fantastisch!
Einmalig!!
Wow, oh, WOW!!

Da, die Königin,
da fährt die Königin!
Bravo! Braaavo!!

Was ... sie hält hier?
Sie hat angehalten!

Hi, Nick ... Komm, steig bitte ein.
Ich möchte mit dir sprechen.

Von wegen.
Ich gehe hier
nicht weg.

Ich bitte dich, Nick ... ich ...
ich brauche deine Hilfe.

Hilfe? Welche Hilfe?
Ihr seid die Königin,
oder? Die Königin
in diesem Märchen!

Ich bin ein Sklave wie
alle hier, Nick, und ich
kann nicht mehr. Nur du
kannst mir helfen.
Hör mich an, bitte ...

Nix da!! Ihr steht
für alles, was ich
hinter mir lassen
wollte.

Ich hasse das doch auch alles
aus tiefstem Herzen, Nick.
Aber ich bin allein und kann
niemandem vertrauen. Komm
mit mir. Gemeinsam können
wir das alles beenden.

Komm her, Nick,
bitte ... Umarme
mich, und all
das wird
verschwinden.

Ihr seid sehr überzeugend und habt eine verdammt verführerische Stimme ...

Aber auch wenn Ihr im Dunkeln sitzt, durchschaue ich Euch. Ich sehe Eure lodernde Haut und den infamen Glanz Eurer Juwelen. Ich rieche das üppige und betäubende Parfüm Eurer Macht. Ihr seid unglaublich attraktiv und könnt jedem den Kopf verdrehen ...

Aber Ihr seid falsch und verlogen, und Eure Schwärze ist schwarzer als die Finsternis.

Oh, Nick ... Ooohh ... Du irrst dich ... Oh, Gott, ich bin verloren ... sniff ... sniff ... Hilf mir, ich bitte dich ...
Wenn Ihr es so sehr wünscht, dann steigt aus und bleibt hier bei mir.

Das kann ich nicht, Nick. Nein ... Oooh ... Ich habe keine Kraft mehr ... sniff ... sniff ... Ich bin verloren, Nick ... Rette mich ... sniff ... Bitte, rette mich ...

Wisst Ihr was? Vielleicht irre ich mich, aber Ihr tut mir kein bisschen leid.
Auch ich fühle manchmal Weltschmerz und dann ...

... dann fühle ich nichts mehr.

... nichts.
Ooh, Nick, Nick!! Rette mich ... sniff ... sniff ...! Ich bitte dich!! ... ooh ... sniff ... sniff ... Nick!!
Äh ... Hoheit ... Eure Tränen brechen mir das Herz. Nick ist herzlos, aber vielleicht kann ich Euch helfen ... Also ... wenn Ihr es mir gestattet ...

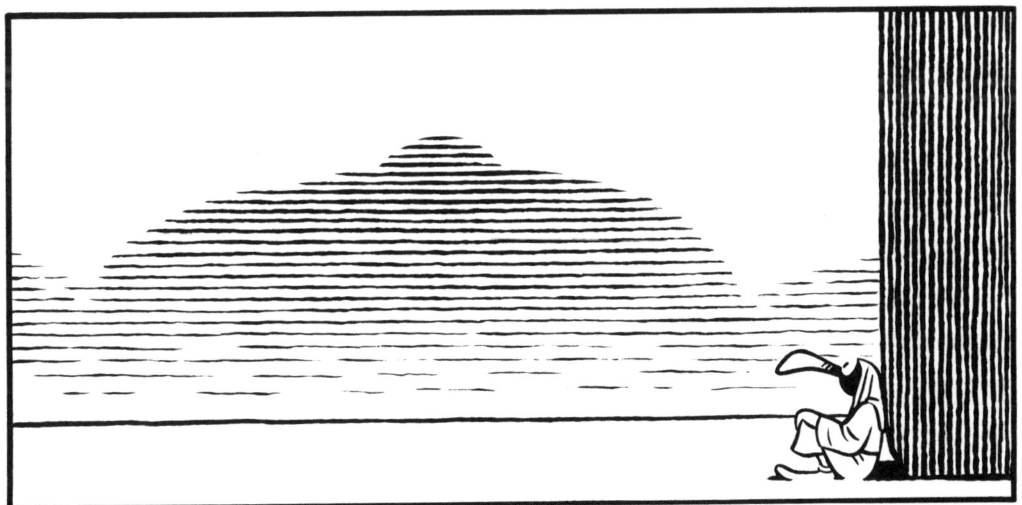

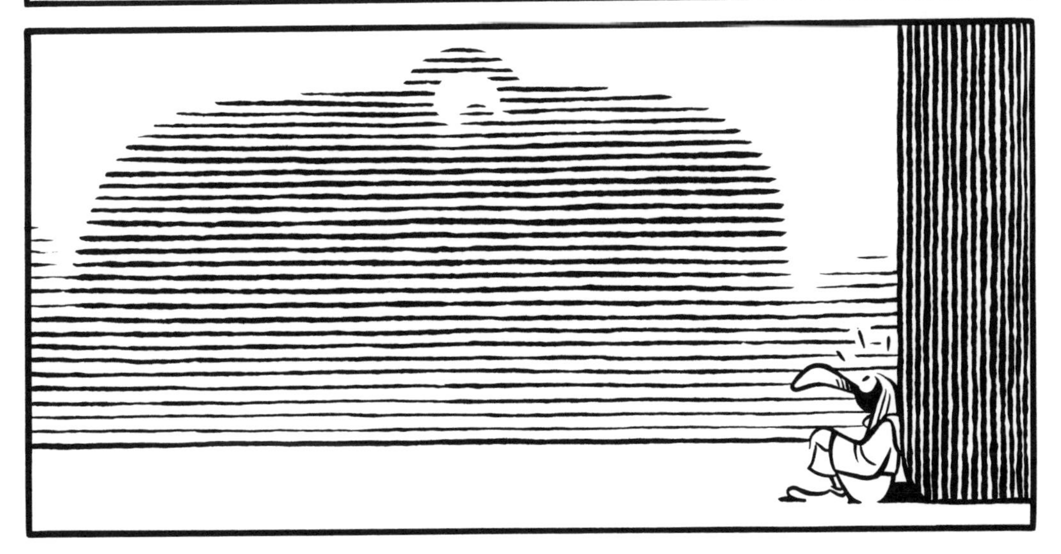

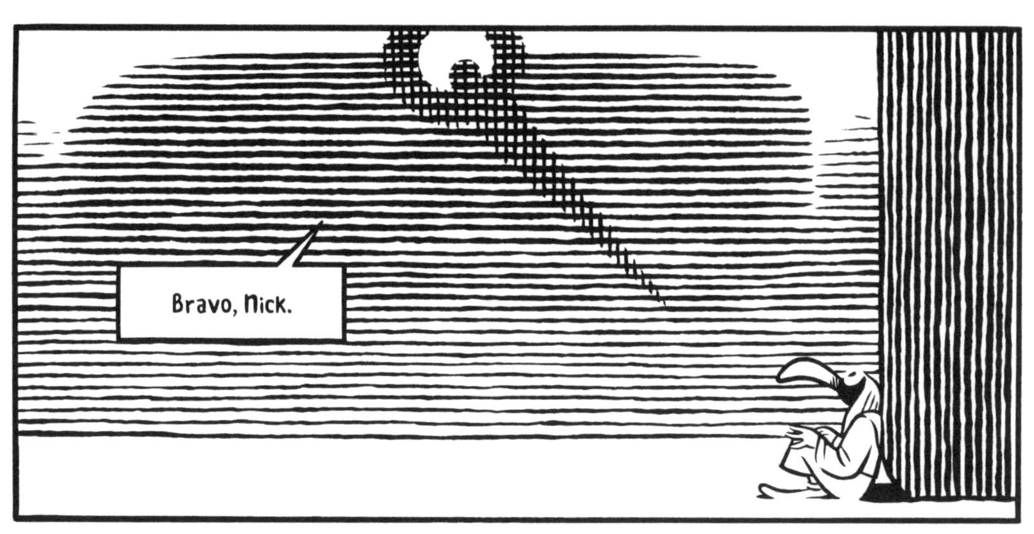
Bravo, Nick.

Du hast gesehen, was es zu sehen gab, und getan, was es zu tun gab.
Das war's, Endstation. Nun geh den letzten Schritt: Überschreite die Grenze und vereinige dich mit Odem.
Du bist also Odem.

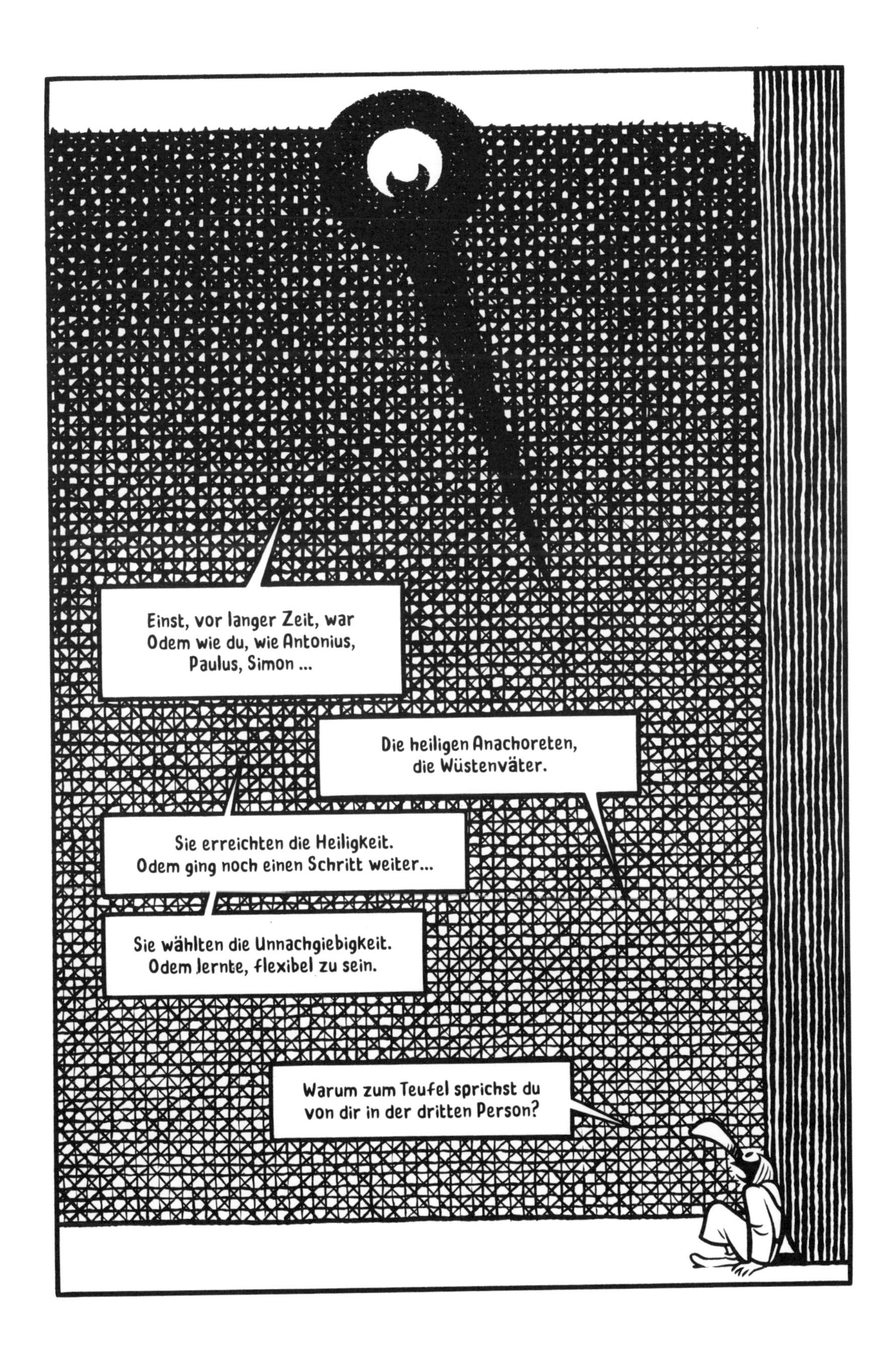
Einst, vor langer Zeit, war Odem wie du, wie Antonius, Paulus, Simon ...
Die heiligen Anachoreten, die Wüstenväter.
Sie erreichten die Heiligkeit. Odem ging noch einen Schritt weiter...
Sie wählten die Unnachgiebigkeit. Odem lernte, flexibel zu sein.
Warum zum Teufel sprichst du von dir in der dritten Person?

Deine Sprache passt nicht zur Realität von Odem.
Ich bin nicht Odem. Ich ist Odem.

Odem ist.
Ah, ja? Und was zur Hölle ist Odem?

Odem kann sich über die gesamte Wüste und noch weiter ausdehnen. Es kann den Himmel bedecken und sich im nächsten Moment zu einem unsichtbaren Molekül zusammenziehen.
Odem zersetzt sich; Odem verdichtet sich. Keine Gestalt kann ihn beschränken; nichts kann ihn verschleißen.
Odem hat keine Kontingenzen. Er hat weder Gedanken noch Gefühle; er empfindet weder Angst noch Traurigkeit oder Hunger.

Odem tanzt nur einen endlosen Tanz in der Reinheit des Unendlichen.

Willst du mir damit sagen, dass du eine Art kollektives, gasförmiges Wesen bist, zusammengesetzt aus Individuen, die so einen höheren Zustand erreicht haben?
Ha, ich lach mich tot!
Weißt du, was ich denke? Du bist nur ein Trugbild, eine Schöpfung meines Geistes.

Ah, ha, ha, ha! Man kann nicht leugnen, dass du ein Mann deiner Zeit bist.
Alles entspringt dem eigenen Geist, nicht wahr? Der Paroxysmus des Individuums!

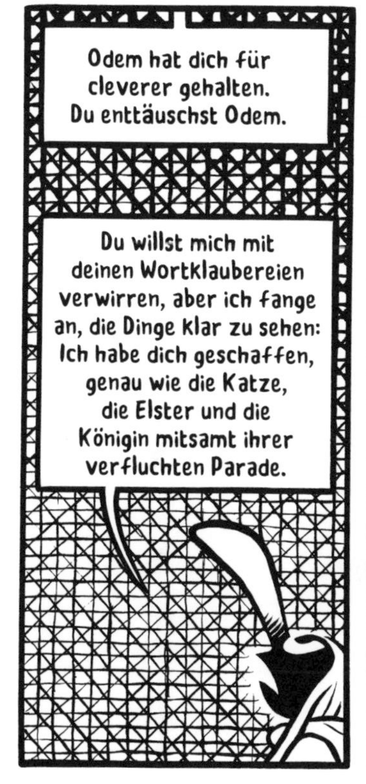
Odem hat dich für cleverer gehalten. Du enttäuschst Odem.
Du willst mich mit deinen Wortklaubereien verwirren, aber ich fange an, die Dinge klar zu sehen: Ich habe dich geschaffen, genau wie die Katze, die Elster und die Königin mitsamt ihrer verfluchten Parade.

Ach ja? Und warum solltest du so etwas tun?

Weil wir das alle machen: Wir erfinden die Welt jeden Augenblick neu, um uns nicht dem Grauen der absoluten Leere auszusetzen.

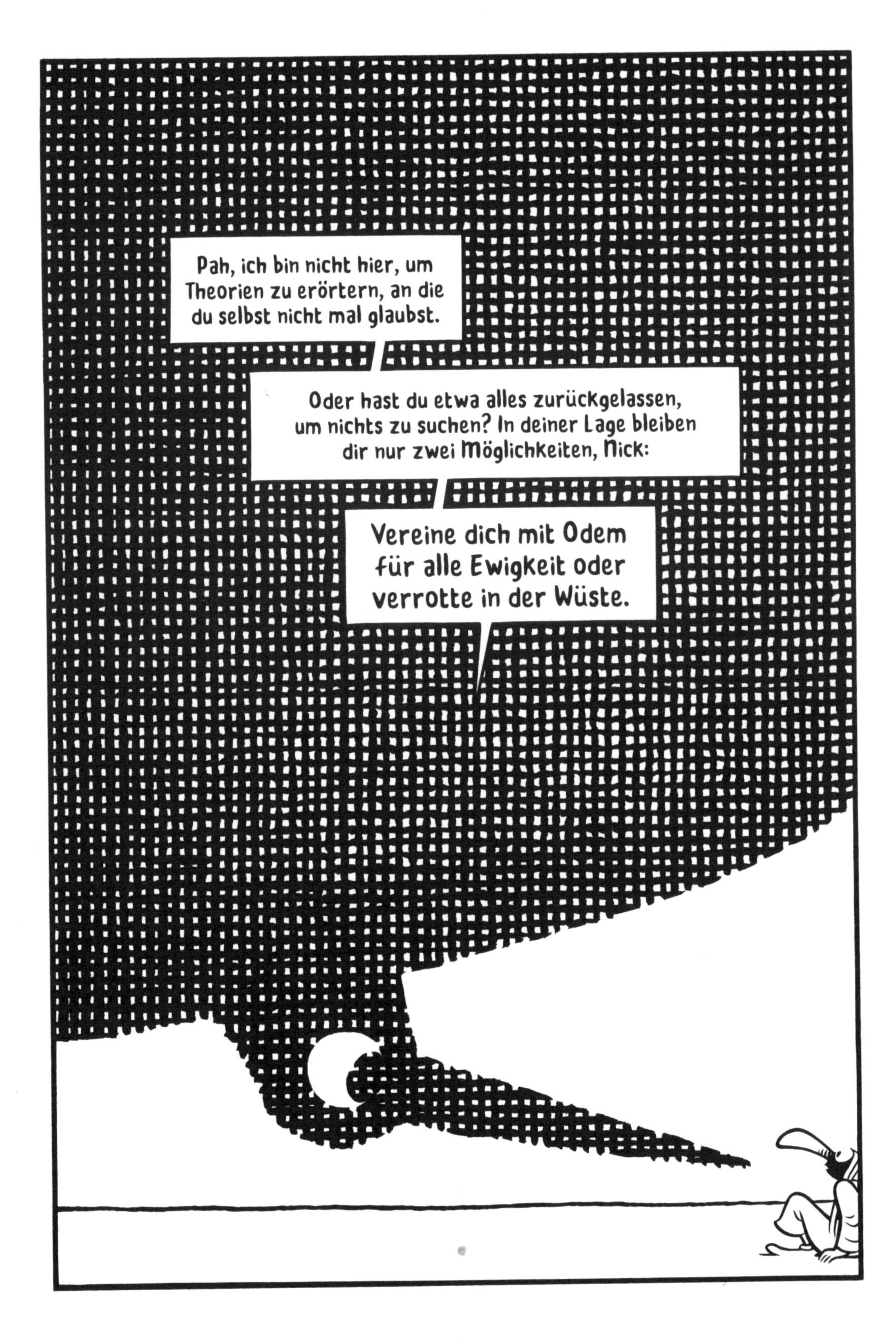
Pah, ich bin nicht hier, um Theorien zu erörtern, an die du selbst nicht mal glaubst.
Oder hast du etwa alles zurückgelassen, um nichts zu suchen? In deiner Lage bleiben dir nur zwei Möglichkeiten, Nick:
Vereine dich mit Odem für alle Ewigkeit oder verrotte in der Wüste.

Du entscheidest, Nick ...

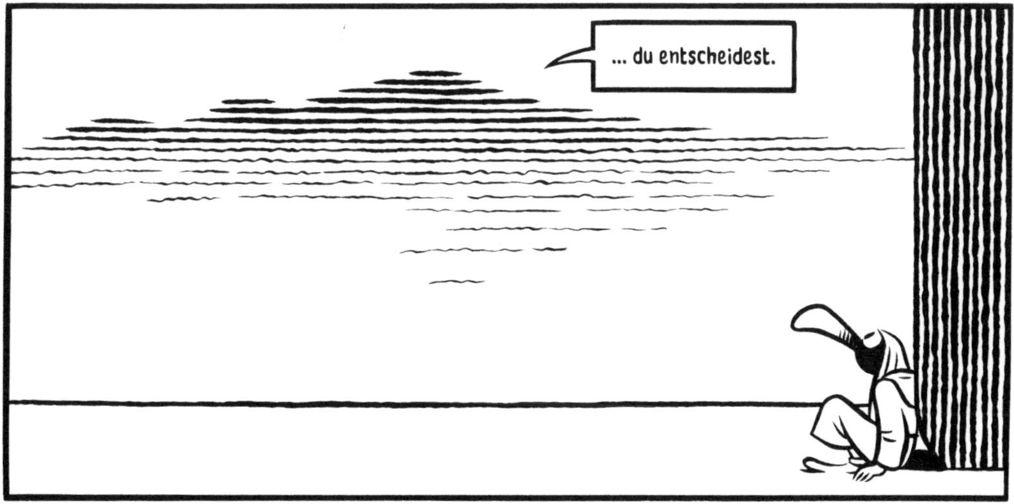
... du entscheidest.

Ah, hallo, Mosh. Sag mal, hast du Nick gesehen?
Nein, seit der Parade nicht mehr.
Ich auch nicht. Er ist verschwunden.

Glaubst du, er hat es sich überlegt und ist doch mit der Königin weg?
Oder vielleicht ... vielleicht hat er sich mit Odem vereint.

Hmm ... möglich.
Zu schade. War lustig mit ihm hier.
Ja, armer Teufel, ich mochte ihn.

Und? Wie fandest du die Parade? War sie nicht spektakulär?
Der Knaller. Die Königin hat sich selbst übertroffen.

Man munkelt, die nächste wird etwas ganz, ganz Besonderes.
Aber bis dahin sind es doch noch zehn Jahre!

Pfff! Zehn Jahre gehen schnell vorbei!